Maurice Leblanc

La Dent d'Hercule Petitgris - Le Pardessus d'Arsène Lupin

Table des matières

Préface

La Dent d'Hercule Petitgris *fut publiée, en France, en 1924. Deux ans plus tard, le 7 octobre 1926, Maurice Leblanc publiait dans le magazine américain* The Popular Magazine, The overcoat of Arsène Lupin.

La plus grande partie de cette nouvelle est identique à La Dent d'Hercule Petitgris, *mais la fin diffère, puisque le héros de l'histoire se révèle être Arsène Lupin. Maurice Leblanc voulait publier cette nouvelle, avec* Le Cabochon d'émeraude, L'homme à la peau de bique *et d'autres, dans un recueil intitulé* Le cabochon d'émeraude, *chez Hachette, vers le début des années 1930, mais ce projet n'a pas abouti.*

Nous avons pu reconstituer le texte en français de cette nouvelle !

Jusqu'à la page 40, et la phrase : – Monsieur ! s'écria Rouxval exaspéré, *le texte des deux nouvelles est commun à une ou deux minuscules différences près, apparemment :*
  * *Dans* Le Pardessus d'Arsène Lupin, *Hercule Petitgris semble prononcer correctement* Monsieur le Ministre, *et non* Mossieu le Minisse.
  * *Il est possible que quelques descriptions aient été légèrement raccourcies dans* Le Pardessus d'Arsène Lupin.

Le texte des parties différentes dans les deux nouvelles, est en bleu, pour mieux le différencier.

Coolmicro

La Dent d'Hercule Petitgris

Les mains au dos, le cou engoncé dans sa jaquette, tout son âpre visage crispé par la réflexion, Jean Rouxval mesurait d'un pas rapide son vaste cabinet de ministre, au seuil duquel le chef des huissiers attendait les ordres. Un pli soucieux marquait son front. Il lui échappait des gestes saccadés qui trahissaient cette agitation extrême dont on est secoué à certaines minutes dramatiques de la vie.

S'arrêtant d'un coup, il dit avec un accent résolu.

— Un monsieur et une dame d'un certain âge se présenteront. Vous les ferez entrer dans le salon rouge. Puis il viendra un monsieur seul, plus jeune, que vous conduirez dans la grande salle. Qu'ils ne puissent ni se parler ni se voir, n'est-ce pas ? Et vous m'avertirez aussitôt.

— Bien, monsieur le Ministre.

La personnalité politique de Jean Rouxval s'appuyait sur de fortes qualités d'énergie et d'intelligence laborieuse. La guerre, qu'il avait faite dès le début, pour venger ses deux fils disparus et sa femme morte de chagrin, lui avait donné un sens parfois excessif de la discipline, de l'autorité et du devoir. Dans toutes les affaires auxquelles les événements le mêlaient, il prenait toujours à son compte le plus de responsabilité possible, en vertu de quoi il s'arrogeait le plus possible de droits. Il aimait son pays avec une sorte de frénésie contenue, qui lui montrait comme justes et permis des actes souvent arbitraires. Ces raisons lui valaient l'estime de ses collègues, mais une certaine méfiance, que suscitait l'exagération de ses qualités. On craignait toujours qu'il n'entraînât le cabinet dans d'inutiles complications.

Il regarda sa montre. Cinq heures moins vingt. Il avait encore le temps de jeter un coup d'œil sur le dossier de la redoutable aventure qui lui causait une telle anxiété. Mais, à ce moment, la sonnerie téléphonique retentit. Il saisit le récepteur. On désirait lui parler directement de la présidence du Conseil.

Il attendit. Ce fut assez long. Enfin, la communication s'établit, et il répliqua :

— Oui, c'est moi, mon cher Président.

Il écouta, parut contrarié, et prononça d'un ton un peu amer :

— Mon Dieu, monsieur le Président, je recevrai l'agent que vous venez de m'envoyer. Mais ne pensez-vous pas qu'à moi seul j'aurais obtenu les certitudes que nous cherchons ?... Enfin, puisque vous insistez, mon cher Président, et que cet Hercule Petitgris est, selon votre expression, un spécialiste en matière d'enquête, il assistera à la confrontation que j'ai préparée... Allô ?... Vous avez raison, mon cher Président, tout cela est extrêmement grave, surtout à cause de certaines rumeurs qui commencent à circuler... Si je n'arrive pas à une solution immédiate, et que la vérité soit conforme à nos craintes, c'est un scandale effroyable et un désastre pour le pays... Allô... Oui, oui, vous pouvez être tranquille, mon cher Président, je ferai l'impossible pour réussir... Et je réussirai... Il le faut...

Quelques mots furent encore échangés, puis Rouxval ferma le téléphone et répéta entre ses dents :

— Oui... Il le faut... Il le faut... Un pareil scandale...

Il réfléchissait aux moyens qui lui permettraient de réussir lorsqu'il eut la sensation que quelqu'un se trouvait près de lui, quelqu'un qui ne cherchait pas à se faire remarquer.

Il tourna la tête et demeura interdit. À quatre pas se dressait un individu d'assez piètre mine, ce qu'on appelle un pauvre diable, lequel pauvre diable tenait son chapeau à la main, selon l'humble attitude d'un mendiant en quête d'un petit sou.

– Que faites-vous là ? Comment êtes-vous entré ?

– Par la porte, monsieur le Ministre... Votre huissier s'occupait à parquer des gens à droite et à gauche. J'ai filé droit.

L'individu baissa la tête respectueusement et se présenta :

– Hercule Petitgris... « l'espécialiste » que M. le Président du Conseil vient de vous annoncer, monsieur le Ministre...

– Ah ! vous avez écouté ?... dit Rouxval, avec humeur.

– Qu'auriez-vous fait à ma place, monsieur le Ministre ?

C'était un être malingre et pitoyable, dont toute la figure triste, dont les cheveux, la moustache, le nez, les joues maigres, les coins de bouche tombaient mélancoliquement. Ses bras descendaient avec lassitude le long d'un pardessus verdâtre qui semblait ne pas lui tenir aux épaules. Il s'exprimait d'une voix désolée, non sans recherche, mais en déformant parfois certaines syllabes, à la manière des gens du peuple. Il prononçait « Mossieu le Minisse... vot'huissier. »

– J'ai même entendu, mossieu le Minisse, continua-t-il, que vous parliez de moi comme d'un agent. Erreur ! Je ne suis agent de rien du tout, ayant été révoqué, à la préfecture, pour

« caractère insipide, ivrognerie et paresse ». Je cite le texte de ma radiation.

Rouxval ne put cacher sa stupeur.

— Je ne comprends pas. M. le Président du Conseil vous recommande à moi comme un homme capable, d'une lucidité déconcertante.

— Déconcertante, mossieu le Minisse, c'est le vrai mot, et voilà pourquoi ces messiers veulent bien m'utiliser dans les cas où personne n'a réussi ou ne pourrait réussir, et sans me tenir rigueur rapport à mes petites habitudes. Que voulez-vous, je ne suis pas un travailleur. J'aime boire à ma soif, et j'ai un faible pour la manille aux enchères. Quant au caractère, ça ne compte pas. Simples vétilles. On me reproche d'être vaniteux et insolent vis-à-vis de mes employeurs ? Et après ? Lorsqu'ils bafouillent et que je vois clair, j'ai-t-i pas le droit de leur z'y dire et de rigoler un brin ? Tenez, mossieu le Minisse, plus d'un coup j'ai refusé de l'argent pour garder le droit de m'esclaffer. Ils sont si rigolos à ce moment ! I'font la tête !...

Dans sa figure tombante, au-dessous de ses moustaches mélancoliques, le coin gauche de sa bouche se retroussa en un petit rire silencieux qui découvrit une canine démesurée, une canine de bête féroce. Durant une seconde ou deux, cela lui donna un air de joie sardonique. Avec une pareille dent, le personnage devait mordre à fond.

Rouxval n'avait pas peur d'être mordu. Mais son interlocuteur ne lui disait rien de bon, et il s'en fût débarrassé en toute hâte, si le président du Conseil ne l'avait pas imposé avec une telle insistance.

— Asseyez-vous, dit-il, d'un ton bourru. Je vais interroger et confronter entre elles trois personnes qui sont ici. Au cas où vous auriez quelque observation à faire, vous me la communiquerez directement.

— Directement, mossieur le Minisse, et tout bas, comme c'est mon habitude quand le supérieur bafouille...

Rouxval fronça le sourcil. D'abord, il détestait qu'on ne gardât point les distances auprès de lui. Puis, comme beaucoup d'hommes d'action, il avait le sentiment très vif et la crainte du ridicule. Appliquée à lui, cette expression de « bafouillage » lui semblait à la fois un outrage inadmissible et une menace volontaire. Mais déjà il avait sonné, et l'huissier entrait. Sans plus attendre, il donna l'ordre que les trois personnes fussent introduites.

Hercule Petitgris retira son pardessus verdâtre, le plia soigneusement et s'assit.

Le monsieur et la dame se présentèrent les premiers. Ils étaient en deuil tous deux, et d'allure distinguée ; elle, grande, jeune encore et très belle, avec des cheveux grisonnants et un pâle visage aux traits sévères : lui, plus petit, mince, élégant, la moustache presque blanche.

Jean Rouxval lui dit :

— Le comte de Bois-Vernay, n'est-ce pas ?

— Oui, monsieur le Ministre. Ma femme et moi nous avons reçu votre convocation, laquelle nous a un peu étonnés, je l'avoue. Mais nous voulons croire qu'elle ne nous annonce rien de pénible ? Ma femme est assez souffrante...

Il la regardait avec une inquiétude affectueuse. Rouxval les pria de prendre place et répondit :

– Je suis persuadé que tout s'arrangera pour le mieux et que Mme de Bois-Vernay excusera le petit dérangement que je lui cause.

La porte s'ouvrait de nouveau. Un homme de vingt-cinq à trente ans s'avança. Il était de condition plus modeste, peu soigné dans sa mise, et sa physionomie quoique sympathique et avenante, présentait des signes de déchéance et de fatigue qui déroutaient chez cet être jeune et carré d'épaules.

– C'est bien vous, Maxime Lériot ?

– C'est moi, monsieur le Ministre.

– Vous ne connaissez pas monsieur et madame ?

– Non, monsieur le Ministre, affirma le nouveau venu en observant le comte et la comtesse.

– Nous ne connaissons pas non plus monsieur, fit le comte de Bois-Vernay, sur une question de Rouxval.

Celui-ci eut un sourire :

– Je regrette que l'entretien commence par une déclaration contre laquelle je suis contraint de protester. Mais cette petite erreur se dissipera d'elle-même au moment opportun. N'allons pas trop vite, et, sans nous attarder à ce qui n'est pas essentiel, prenons les choses du début.

Et, se servant du dossier ouvert sur la table, il se tourna vers Maxime Lériot et prononça d'une voix où il y avait quelque hostilité :

– Nous commencerons par vous, monsieur. Vous êtes né à Dolincourt, Eure-et-Loir, d'un paysan laborieux, qui s'est saigné aux quatre veines pour vous donner une éducation convenable. Je dois dire que vous l'en avez amplement récompensé par votre travail. Études sérieuses, conduite parfaite, attentions délicates pour votre père, en tout vous vous êtes montré bon fils et irréprochable élève. La mobilisation vous surprend simple soldat aux chasseurs à pied. Quatre ans plus tard, vous étiez adjudant et croix de guerre avec cinq citations. Vous contractez un engagement. À la fin de 1920, on vous trouve à Verdun. Toujours excellente tenue. Vos notes vous signalent comme capable de faire un bon officier, et vous songez même à passer votre examen. Or, vers la mi-novembre de cette année, coup de théâtre. Un soir, dans un dancing de troisième ordre, après avoir fait déboucher dix bouteilles de champagne, la tête perdue, au cours d'une discussion sans motif, vous dégainez. On vous arrête. On vous mène au poste. On vous fouille. Vous étiez porteur de cent mille francs en billets de banque. D'où teniez-vous cet argent ? Vous n'avez jamais pu l'expliquer.

Maxime Lériot protesta :

– Pardon, monsieur le Ministre, j'ai dit que cet argent m'avait été remis en dépôt par quelqu'un qui ne voulait pas se nommer.

– Explication sans valeur. Toujours est-il qu'une instruction est ouverte par l'autorité militaire. Elle n'aboutit pas. Mais, six mois après, libéré de tout service, vous êtes l'objet d'un autre scandale. Cette fois, votre portefeuille contenait pour quarante mille francs de bons de la Défense. Et, là-dessus encore, le silence et le mystère.

Lériot ne se donna pas la peine de répondre. Il semblait considérer ces événements comme tout à fait insignifiants, et il ne s'émut pas davantage de l'évocation de deux autres démêlés exactement du même genre qu'il avait eus avec la justice.

— Ainsi donc, continua Rouxval, aucune explication, n'est-ce pas ? Vous ne pouvez pas nous dire comment vous faites face à la vie de débauche que vous menez depuis ce temps ? Pas de situation, pas de ressource avouable, et cependant l'argent coule entre vos doigts comme si la source en était inépuisable.

— J'ai des amis, murmura Maxime Lériot.

— Quels amis ? On ne vous en connaît pas. La bande avec laquelle vous courez les lieux de plaisir se renouvelle constamment, et se compose d'ailleurs d'individus sans aveu qui vivent à vos dépens. Les agents spéciaux qui se sont occupés de vous à cette époque n'ont rien découvert, et vous avez continué à descendre la mauvaise pente. Seul le hasard, ou une imprudence de votre part, pouvait se tourner contre vous. C'est ce qui se produisit. Un jour, sous l'Arc de triomphe, non loin de la tombe du Soldat Inconnu, un homme s'approcha d'une dame qui chaque jour, venait y prier et lui dit cette phrase : « J'attends demain l'envoi de votre mari. Avertissez-le, sinon... » Le ton était menaçant, l'attitude de l'homme hargneuse et méchante. La dame se troubla et remonta vivement dans son automobile. Dois-je préciser que l'une de ces personnes était vous, Maxime Lériot, et l'autre, la comtesse de Bois-Vernay, et que tout à l'heure elles affectaient de ne point se connaître ?

Rouxval, brusquement, leva les mains :

— Je vous en supplie, monsieur, dit-il au comte qui allait intervenir, n'essayez pas de nier l'évidence. Ce que j'affirme n'est pas le résultat de déductions ou d'hypothèses, ni l'interprétation de racontars, mais le strict énoncé de faits que j'ai connus ou contrôlés moi-même. Si vous avez perdu votre fils à la guerre, et si Mme de Bois-Vernay va prier chaque jour près de la dalle sacrée, moi j'ai perdu les deux miens, et il n'est pas de semaine où je ne m'arrête également là-bas pour m'entretenir avec eux. Or, la scène eut lieu près de moi. C'est moi qui entendis la phrase prononcée. Et ce fut pour mon édification personnelle, sans rien connaître encore des incidents que je viens d'exposer, que je m'occupai de savoir qui avait ainsi parlé, et quelle était la victime de ce qui me paraissait un chantage.

Le comte se tut. Sa femme n'avait pas bougé. Dans son coin, le policier Hercule Petitgris hochait la tête et semblait approuver la façon dont l'interrogatoire était mené. Jean Rouxval, qui l'observait du coin de l'œil, en ressentait de l'assurance. La dent ne pointait pas au coin de la bouche. Tout allait donc pour le mieux, et il poursuivit, en resserrant de plus en plus l'étreinte de son réquisitoire :

– À partir du moment où les circonstances me donnèrent la conduite de cette affaire, elle changea de face, pour la raison qu'elle s'était révélée à moi dans un cadre plutôt que dans un autre. Que je m'en rendisse compte ou non, ce souvenir domina toutes mes pensées et gouverna l'enquête que je fis presque involontairement, sur l'ordre catégorique d'une intuition à laquelle je ne pus résister. Tout de suite, au lieu de voir en Maxime Lériot l'homme d'aujourd'hui, je vis le soldat d'autrefois. Son passé m'intéressa plus que son présent. Or, instantanément, au premier coup d'œil jeté sur le dossier, deux choses me frappèrent, un nom et une date : Maxime Lériot se trouvait à Verdun, et il s'y trouvait au mois de novembre 1920. Pour un père qui pleure ses fils disparus, il y a dans ce nom et dans cette date quelque chose de particulier. Leur rapprochement prend une signification immédiate. Si, chaque jour, Mme de Bois-Vernay vient prier sous l'Arc de triomphe, si j'y vais avec tant de ferveur, c'est parce que, la veille du 11 novembre 1920, anniversaire de l'armistice, il s'est déroulé, dans les souterrains de la ville sainte, la plus solennelle des cérémonies. Ce fait bien établi, comment s'expliquait la présence, sous l'Arc de triomphe, de Maxime Lériot, adjudant de chasseurs à Verdun, en novembre 1920 ? J'allai me renseigner sur place. Ce ne fut ni long ni difficile. Son ancien chef de bataillon, que j'interrogeai, me montra aussitôt le texte d'une décision signée par lui à cette époque, et dont la lecture fut pour moi un trait de lumière. Le conducteur d'un des huit fourgons funèbres qui avaient amené, de huit points différents des champs de bataille, les huit cadavres non identifiés parmi lesquels devait être choisi le Soldat Inconnu, ce conducteur n'était autre que l'adjudant Lériot.

Jean Rouxval frappa du poing le dossier, et, le visage crispé, tout son être tendu vers l'adversaire, il scanda, d'une voix assourdie :

– C'était vous, Maxime Lériot, et, dans la galerie souterraine où se passa la cérémonie historique, parmi ceux qui composaient la garde d'honneur, vous étiez encore là, Maxime Lériot. Votre héroïsme, votre renommée militaire, vous avaient fait élire au nombre de ceux qui jouèrent un rôle entre les drapeaux tricolores et les panoplies qui ornaient les murs de la chapelle ardente. Vous étiez là, et, par conséquent...

L'émotion interrompit l'apostrophe véhémente de Rouxval. D'ailleurs, avait-il besoin de dire des paroles plus précises pour que l'on devinât sa pensé secrète. Hercule Petitgris balançait toujours la tête avec une approbation visible, qui surexcitait l'ardeur et la conviction du ministre.

L'ancien adjudant ne soufflait mot. Comme des troupes qui cernent l'ennemi assiégé, les phrases d'abord hésitantes, puis vigoureuses et logiques de Rouxval avaient investi l'adversaire avant qu'il n'y prît garde. Le comte écoutait et observait sa femme d'un air soucieux.

Rouxval dit à voix basse :

– Jusqu'ici, même au plus profond de moi-même, je n'avais eu que des pressentiments vagues, et jamais encore un soupçon nettement formulé. Je redoutais de comprendre, et c'est avec le même état d'esprit craintif, effaré, que je cherchai les preuves de ce que je ne voulais pas savoir. Elles furent implacables. Je vais les énumérer dans leur ordre chronologique, et brièvement, sans aucun commentaire. Elles proclament d'elles-mêmes, par leur simple exposé, la série des faits qui s'enchaînent et des actes qui furent accomplis. Ceci d'abord. Le jour de la Toussaint, puis le 3 novembre, le 4 et le 5, l'adjudant Lériot, dont je réussis à reconstituer exactement la vie quotidienne, se rendit, le soir venu, dans une auberge isolée, où il rencontra un monsieur et une dame avec lesquels il demeura en conférence jusqu'au dîner. Ce monsieur et cette dame venaient en auto, paraît-il, d'une grande ville proche où ils habitaient un hôtel dont on me donna l'adresse. J'y allai et demandai le registre. Du 1er au 11 novembre 1920 avaient séjourné en cet hôtel le comte et la comtesse de Bois-Vernay.

Un silence. Le pâle visage de la comtesse se creusait. Rouxval étala son dossier. Il en tira deux feuilles qu'il déplia.

– Voici deux actes de naissance. L'un concerne Maxime Lériot, né à Dolincourt, Eure-et-Loir, en 1895. C'est le vôtre, Maxime Lériot. L'autre est celui de Julien de Bois-Vernay, né à Dolincourt, Eure-et-Loir, en 1895. C'est celui de votre fils, monsieur de Bois-Vernay. Donc, n'est-ce pas, même origine et même âge. Ce point est acquis. Voici, maintenant, une lettre du maire de Dolincourt. Les deux jeunes gens avaient eu la même nourrice. Pendant toute leur jeunesse, ils avaient conservé des relations de camaraderie. Ils s'étaient engagés en même temps. Nouvelle certitude.

Rouxval continuait de feuilleter son dossier, et il énonçait au fur et à mesure :

– Voici l'acte de décès de Julien de Bois-Vernay, mort en 1916, à Verdun. Voici la copie du certificat d'inhumation dans le cimetière de Douaumont. Voici un extrait du rapport de l'adjudant Lériot qui recueillit « dans une tranchée, longeant la route de Fleury à Bras, et près d'un ancien poste de secours, la dépouille desséchée, mais intacte d'un fantassin inconnu... » Enfin, voici le relevé topographique de la région. L'ancien poste de secours est ici, à cinq cents mètres du cimetière où fut inhumé Julien de Bois-Vernay. J'ai été de l'un à l'autre. J'ai fait creuser le sol : la tombe est vide. Qu'est devenu le cercueil de Julien de Bois-Vernay ? Qui l'a enlevé du cimetière de Douaumont ? Qui, sinon vous, Maxime Lériot, vous l'ami de Julien, vous l'ami du comte et de la comtesse de Bois-Vernay ?

Aucune des phrases de Rouxval qui ne contribuât à l'établissement d'une vérité dont l'évidence s'imposait. Toutes enveloppaient l'ennemi d'arguments irrécusables. Il n'y avait qu'à se soumettre.

Rouxval s'approcha de Lériot et lui dit, les yeux dans les yeux :

– Certains points demeurent obscurs. Est-il besoin de les éclaircir et de connaître, heure par heure, ce qui se passa dans l'ombre, au cours de la mission dont vous étiez chargé ? Non, n'est-ce pas ? La sinistre aventure est inscrite pour ainsi dire sur les pages d'un livre ouvert. Nous savons que le cercueil de votre frère de lait fut d'abord transporté de Douaumont, où il reposait dans une tombe régulière, jusqu'à la tranchée où l'on vous envoyait en quête d'un combattant qui ne pût être identifié. Nous savons que vous l'y avez pris, et nous savons que c'est celui-là que vous avez amené près des autres dans la casemate de Verdun. Nous sommes d'accord, n'est-ce pas ? Et pour la suite, pour la désignation suprême parmi les huit Inconnus...

Mais Rouxval n'acheva pas. Il essuya son front couvert de sueur, et il lui fallut un certain temps pour reprendre, avec sa même intonation sourde et anxieuse :

— C'est à peine si j'ose évoquer la scène... Toute parole de doute à ce propos est un blasphème. Et cependant, n'est-ce pas une certitude plutôt qu'un doute ? Ah ! quelle chose affreuse ! Je me souviens des instructions qui furent adressées à l'un des poilus de la garde d'honneur : « Soldat, voici un bouquet de fleurs cueilli sur les champs de bataille, vous allez le déposer sur un de ces cercueils, qui sera celui du soldat que le peuple de France accompagnera jusqu'à l'Arc de triomphe... » Vous les avez entendues, ces paroles. Vous pleuriez évidemment, comme les autres, en les écoutant. Et malgré tout, par une trahison monstrueuse... Mais comment a-t-elle pu se produire, cette trahison ? Comment avez-vous réussi la duperie infâme ?... Il n'est pas possible que ce poilu désigné au hasard, vous ait vendu son concours, ni que sa main ait pu être dirigée lorsqu'elle déposa le bouquet ? Alors ?... alors ?... Répondez donc !

Jean Rouxval interrogeait, mais on eût dit qu'il avait peur d'entendre l'aveu. Son ordre n'avait pas cet accent impérieux qui force la vérité. Il s'ensuivit un long silence, tout pesant de gêne et d'anxiété. Mme de Bois-Vernay respira des sels que son mari lui tendit. Elle semblait très faible et sur le point de s'évanouir.

À la fin, Maxime Lériot débita quelques explications confuses :

— Il y a en effet des choses... qui ont pu vous faire croire, monsieur le Ministre... Mais il y a aussi des erreurs, des malentendus...

Incapable de dissiper lui-même ces erreurs et ces malentendus, il se tourna vers le comte pour lui demander assistance.

Celui-ci regarda sa femme, en homme qui craint d'engager une lutte dangereuse et qui se demande sur quel terrain il l'acceptera. Puis il se leva et dit :

– Monsieur le Ministre, me permettrez-vous de vous poser une question ?

– Certes.

– Il arrive, monsieur le Ministre, que, par la tournure que vous avez donnée à l'entretien, nous sommes ici tous les trois, en face de vous, comme des coupables. Avant de nous défendre contre une accusation que je n'ai pas encore bien saisie, je voudrais savoir à quel titre vous nous interrogez, et en vertu de quel pouvoir vous exigez que nous répondions.

– En vertu, monsieur, répliqua Rouxval, de mon très grand désir d'étouffer une affaire qui, rendue publique, aurait pour mon pays des conséquences incalculables.

– Si l'affaire est telle que vous l'avez exposée, monsieur le Ministre, il n'y a aucune raison de croire qu'elle puisse devenir publique.

– Si, monsieur. Sous l'influence de la boisson, Maxime Lériot a prononcé quelques paroles qui n'ont pas été comprises, mais qui ont donné lieu à des interprétations, à des bruits...

– Des bruits faux, monsieur le Ministre.

– N'importe ! j'y veux couper court.

– Comment ?

— Maxime Lériot quittera la France. Un emploi lui sera réservé dans le sud de l'Algérie. Vous voudrez bien, j'en suis convaincu, lui fournir les fonds nécessaires.

— Et nous, monsieur le Ministre ?

— Vous partirez aussi, madame et vous. Loin de France, vous serez à l'abri de tout chantage.

— L'exil, alors ?

— Oui, monsieur, pendant quelques années.

Le comte regarda de nouveau sa femme. Malgré sa pâleur et son aspect fragile, elle donnait, elle, au contraire, une impression d'énergie et d'obstination réfléchie. Elle se porta en avant et, résolument :

— Pas un jour, monsieur le Ministre, dit-elle, pas une heure, je ne m'éloignerai de Paris.

— Pourquoi donc, madame ?

— Parce qu'*il* est là, dans la tombe.

La petite phrase qui constituait l'aveu le plus formel et le plus terrible se prolongea dans un silence effrayant, comme un écho qui répéterait, syllabe par syllabe, un message de mort et de deuil. Il y avait en Mme de Bois-Vernay plus qu'une volonté indomptable, il y avait du défi, et comme l'acceptation d'un combat qu'elle affectait de ne pas redouter. Rien ne pouvait faire que son fils ne fût point dans la tombe sacrée, et qu'il n'y dormît d'un sommeil que nulle puissance au monde ne troublerait jamais.

Rouxval se prit la tête entre les mains, d'un mouvement désespéré. Jusqu'à cet instant même, il avait pu, malgré toutes les preuves, garder quelque illusion et attendre une justification impossible. L'aveu le terrassa.

– C'est donc vrai, murmura-t-il... Je ne pensais pas... je n'admettais pas... Ce sont des choses en dehors de toute réalité...

M. de Bois-Vernay s'était placé devant la comtesse et la suppliait de s'asseoir. Elle l'écarta, prête à la lutte, et obstinée dans son attitude provocante. Deux adversaires s'affrontaient, ennemis acharnés du premier coup. Le comte et Maxime Lériot devenaient des comparses.

De telles scènes où la tension nerveuse est poussée à l'excès ne peuvent être que brèves, comme un engagement d'épée où chacun, dès le début, jette toutes ses forces. Ce qui accrut encore la violence tragique du duel, c'est qu'il se poursuivit d'abord dans le calme, et en quelque sorte, dans une immobilité presque continue. Pas d'éclat de voix. Pas de colère apparente. De simples mots, mais lourds d'émotion. De simples phrases, sans éloquence, mais qui révélaient la stupeur et l'indignation de Rouxval.

– Comment avez-vous osé ?... Comment vivez-vous avec l'idée de ce qui est ? Moi, j'aurais mieux aimé subir toutes les tortures que de faire cela pour un de mes fils... Il me semble que je lui aurais porté malheur dans la mort... Donner ainsi à son enfant une sépulture qui ne lui appartient pas ! Détourner vers lui des prières, des larmes, et toutes les pensées secrètes qui descendent sur un cercueil !... Quel crime abominable ! Vous ne sentez donc pas cela ?

Il la contemplait, toute blanche en face de lui, et reprenait d'un ton plus agressif :

– Par milliers et par milliers, il y a des mères et des épouses qui peuvent croire que leur fils ou leur mari sont là. Ces créatures, aussi meurtries que vous, madame, armées des mêmes droits, les voilà trahies, dépossédées, volées..., oui, volées, et volées sournoisement, dans l'ombre.

Elle pâlissait sous l'injure et sous le mépris. Jamais, certes, elle n'avait perdu une minute à considérer son acte en lui-même, ou à le peser pour en connaître la valeur morale. Elle avait agi avec l'âpre souffrance d'une mère qui cherche à reconquérir un peu du fils qui lui fut arraché, et, pour le reste, ne se soucie de rien.

Elle murmura :

– Il n'a volé la place de personne... Il est le Soldat Inconnu lui-même... Il est là pour les autres, et les représente tous...

Rouxval lui saisit le bras. De telles paroles l'exaspéraient. Il pensait à ses fils disparus dont il avait presque retrouvé les dépouilles le jour de l'inhumation solennelle, et qui maintenant retombaient au gouffre insondable. Où prier désormais ? Quel rendez-vous prendre avec les pauvres âmes évanouies ?

Mais elle souriait, le visage illuminé de tout le bonheur qui frémissait en elle.

– Ce sont les circonstances qui l'ont choisi parmi tant d'autres. Ce que j'ai fait pour le mettre là n'aurait pas suffi, s'il n'y avait pas eu en sa faveur une volonté supérieure à la mienne. Le hasard aurait pu désigner quelque soldat qui ne l'eût mérité ni par sa vie ni par sa mort. Mon fils était digne de la récompense, lui.

– Tous en étaient dignes, protesta Rouxval avec véhémence. Même s'il eût été au cours de sa vie le plus obscur et le plus détestable des hommes, celui que le destin choisissait fût devenu, en cet instant même, l'égal des plus nobles.

Elle hocha la tête. Ses yeux exprimaient une fierté un peu dédaigneuse. Elle devait évoquer toute la lignée d'ancêtres et de morts héroïques qui faisaient de son fils un être à part, plus spécialement formé pour la gloire et pour l'honneur.

– Tout est bien ainsi, croyez-moi, monsieur le Ministre, dit-elle, et soyez sûr que je ne vole ni larmes ni prières. Toutes les mères qui s'agenouillent et qui pleurent devant la tombe prient pour leur fils mort. Qu'importe que ce soit le mien, si elles ne le savent pas ?

– Mais je le sais, moi, dit Rouxval, et elles peuvent le savoir, elles ! Et alors..., alors comprenez-vous toutes ces haines qui se déchaîneraient, cette explosion de fureur ? Nul forfait au monde ne provoquerait plus de rage et d'indignation. Comprenez-vous ?

Il perdait peu à peu tout empire sur lui-même. Il exécrait cette femme. Son départ lui semblait de plus en plus le seul dénouement qui pût conjurer le péril et apaiser son mal à lui. Et il le lui disait sans ménagement, d'une voix dure :

– Il faut vous en aller, madame. Votre présence auprès de la tombe est un outrage pour les autres femmes. Allez-vous-en.

– Non, dit-elle.

– Il le faut. Vous partie, elles reprendront leurs droits, et celui qui est là redeviendra le Soldat Inconnu.

– Non, non, non. Ce que vous demandez est impossible. Je ne vivrais pas loin de lui. Si je vis encore c'est justement parce qu'il est là, et que je vais le voir chaque jour, et lui parler, et l'entendre me parler. Ah ! vous ne savez pas ce que j'éprouve quand je suis au milieu de la foule ! De tous les coins de la France on accourt avec des fleurs et des mains qui se joignent. Et c'est mon fils que l'on vient honorer ! L'univers entier défile devant lui. Il est toute la guerre et toute la victoire. Ah ! il y a des minutes où un tel élan de bonheur et d'orgueil me grandit que j'oublie sa mort, monsieur, et que c'est mon fils vivant que je vois debout sous la voûte et devant qui mes genoux fléchissent. Et vous me demandez de renoncer à tout cela ! Mais ce serait le tuer une seconde fois, mon fils bien-aimé !

Les poings de Rouxval se crispaient. Il eût voulu écraser l'ennemie intraitable, et, sentant qu'elle était la plus forte, il la menaça, les yeux fixés sur les siens :

– J'irai jusqu'au bout de mon devoir... Si vous ne partez pas, je jure Dieu... je jure Dieu que je vous dénonce... Oui, j'irai jusque-là. Tout plutôt que de laisser cette chose monstrueuse...

Elle eut un rire de moquerie :

– Me dénoncer ? Est-ce que c'est possible ? Osez donc me dénoncer, monsieur, et la rendre publique, cette chose qui vous fait trembler !

– Jusqu'au bout de mon devoir, cria-t-il. Rien ne m'arrêtera... Je ne peux pas vivre avec une telle idée... Si vous ne partez pas, c'est lui, madame, c'est lui qui partira... C'est le cadavre de votre fils...

Elle tressaillit, frappée par l'expression brutale. L'atroce vision de ce cadavre chassé de la tombe et jeté dans quelque coin lui fut intolérable. Sa figure se convulsa, et elle porta la main à son cœur avec un gémissement de souffrance. M. de Bois-Vernay voulut la saisir dans ses bras. Mais elle s'affaissa sur elle-même, tomba, et s'étendit tout de son long.

Le duel prenait fin. Atteinte au plus profond de son être, mais victorieuse puisqu'elle n'avait pas cédé, la comtesse fut portée sur un divan par M. de Bois-Vernay qu'assistaient Lériot et Hercule Petitgris. Elle suffoquait. Ses dents grinçaient.

— Ah ! monsieur le Ministre, balbutia le comte, qu'avez-vous fait ?

Rouxval ne s'excusa point. Sa nature, qui le poussait aux décisions extrêmes lorsqu'il l'avait trop longtemps contenue, ne lui permettait plus de patienter et de réfléchir. En ces cas-là, on peut dire qu'il voyait rouge. La situation lui paraissait irrémédiable au point qu'il n'eût reculé devant aucune solution, si absurde qu'elle fût. En était-ce une que d'avertir le Président du Conseil ? Cela importait peu. Il fallait agir. Celle-ci se présentant seule à son esprit, il l'adopta sur-le-champ, comme si le fait d'agir, dans un sens ou dans l'autre, eût été déjà un commencement de revanche. Il décrocha donc le téléphone, et, dès qu'il eût obtenu la communication, rapidement, d'une voix haletante :

— Oui, c'est moi, mon cher Président... J'ai à vous parler sans retard... Allô, vous n'êtes pas libre avant une demi-heure ? Soit dans une demi-heure. J'y serai. Merci. Situation grave... décisions urgentes...

Cependant on s'empressait autour de la malade. Elle devait être sujette à ces malaises, car son mari avait sur lui une petite trousse et des flacons. Il retira vivement son pardessus, s'agenouilla, et la soigna avec une angoisse qui lui étreignait la gorge et rendait presque inintelligibles les questions qu'il lui posait comme si elle avait pu entendre.

– C'est ton cœur, n'est-ce pas, ma chérie ?... c'est ton pauvre cœur ?... Mais ce ne sera rien... Déjà tu ne souffres plus... Tes joues sont plus roses... Je t'assure que tout va bien. N'est-ce pas, ma chérie ?

La syncope dura quelques minutes. Lorsque Mme de Bois-Vernay se réveilla et qu'elle eût aperçu Rouxval, son premier mot fut un mot de détresse :

– Emmène-moi... Partons... je ne veux pas rester ici...

– Voyons, ma chérie, sois raisonnable... repose-toi d'abord...

– Non..., partons... je ne veux pas rester...

Il y eut un instant d'agitation. Sur la prière du comte, Maxime Lériot la saisit dans ses bras et l'emporta. M. de Bois-Vernay suivait, bouleversé, tout en remettant son pardessus avec l'aide d'Hercule Petitgris.

Rouxval n'avait pas bougé. On eût cru que la scène se passait en dehors de lui. D'ailleurs ces gens coupables du forfait le plus odieux ne lui inspiraient que de l'antipathie, et il ne se fût pas avisé qu'il devait secours ou pitié à une femme comme la comtesse. Le front collé contre la vitre d'une fenêtre, il essayait de raisonner et de trouver une ligne de conduite adaptée aux circonstances. Pourquoi cette visite au président du Conseil ? N'eut-il pas mieux valu en finir et se mettre en rapport avec le parquet, avec la justice ?

« Allons, se dit-il, je vais faire des bêtises. À tout prix, du sang-froid. »

Il résolut d'aller à pied jusqu'à la présidence. L'air vif, la marche le calmeraient. Il prit donc son chapeau dans un placard et se dirigea vers la porte.

Mais, à sa grande surprise, il se heurta, une seconde fois, au sieur Petitgris, assis sur une chaise, près de l'entrée. Le policier n'avait pas quitté la pièce.

– Comment, c'est vous ? dit Rouxval agacé. Vous êtes encore là !

– Oui, monsieur le Ministre, et je ne saurais trop vous engager à me tenir compagnie.

Rouxval fit la grimace et il allait relever, comme elle le méritait, cette familiarité choquante, lorsqu'un haut-le-corps le redressa soudain. Il venait de s'apercevoir que la canine du policier pointait à gauche, en dehors de la lèvre retroussée. Il n'eût pas été plus décontenancé si quelque phénomène inattendu avait surgi en face de lui. L'apparition de cette dent acérée, très blanche, longue comme une dent de bête fauve, il savait ce que cela signifiait d'ironique et d'impertinent.

« Crénom, je n'ai pourtant pas *bafouillé* », se dit Rouxval qui employa le terme même dont s'était servi Petitgris.

Il se rebiffa. Un ministre, habitué comme lui au maniement des hommes et des affaires, ne bafouille pas. Sa vision des faits est nette. Le chemin qu'il choisit mène droit au but, et les petits pièges où trébuche le vulgaire ne s'ouvrent point sous ses pas. Tout de même, la vue de cette dent le gênait. Pourquoi cette dent ? Que signifiait-elle en l'occurrence ?

Afin de se rassurer, il retourna l'accusation contre Petitgris.

« Si l'un des deux bafouille, c'est ce coquin-là. Car enfin, tout cela est tellement clair Un collégien ne s'y tromperait pas. »

Si clair que ce fût, il accepta l'entretien et demanda d'un ton rogue :

– Je suis pressé. Qu'y a-t-il ? Parlez.

– Parler ? Mais je n'ai rien à vous dire, mossieu le Ministre.

– Comment, rien à me dire ? Mais je suppose que vous n'avez pas l'intention de coucher ici ?

– Certes non, mossieu le Ministre.

– Alors.

– Alors, j'attends.

– Vous attendez quoi ?

– Une chose qui va se produire.

– Quelle chose ?

– Patientez, mossieu le Ministre. Vous avez encore plus d'intérêt que moi à la connaître. Ce ne sera pas long, d'ailleurs. Quelques minutes..., une dizaine tout au plus... C'est cela... dix minutes...

– Mais il ne se produira rien du tout ! s'écria Rouxval. Les aveux de ces gens-là sont catégoriques.

– Quel aveux ? fit le policier.

– Comment, mais ceux de Lériot, du comte et de sa femme.

– La comtesse peut-être. Mais le comte n'a rien avoué, et Lériot pas davantage.

– Qu'est-ce que vous me chantez là ?

– Ce n'est pas une chanson, mossieu le Ministre, c'est un fait. Les deux hommes n'ont, autant dire, pas soufflé mot. Au fond il n'y a qu'une personne qui a causé, c'est vous, mossieu le Ministre.

Et, sans paraître remarquer l'attitude menaçante de Rouxval, il articula :

– Un beau discours, d'ailleurs, que j'ai savouré comme il convenait. Quelle éloquence ! À la tribune de la Chambre, vous en auriez eu un succès ! ovations, affichage, et tout le reste. Seulement, c'était pas ça du tout qu'il fallait ! Quand il s'agit de cuisiner le coupable, on ne le farcit pas de discours. Au contraire ! on l'interroge. On le fait jacasser. On l'écoute. Voilà ce que c'est qu'une instruction. Si vous croyez que le sieur Petitgris s'est contenté de roupiller dans son coin ! Fichtre non. Le sieur Petitgris ne lâchait pas de l'œil nos deux bonshommes, surtout le Bois-Vernay. Et c'est pourquoi, mossieu le Ministre, je vous avertis que dans huit minutes, quelqu'un viendra et qu'une chose se produira... Encore sept minutes et demie...

Rouxval était dompté. Il n'accordait pas le moindre crédit aux prédictions du sieur Petitgris et à cette annonce d'une chose qui, soi-disant, allait se produire. Mais la ténacité du personnage le maîtrisait. Et cette dent surtout, cette canine féroce, méchante, arrogante, énigmatique... Il se résigna. Retournant à sa place, il martelait, à coups rageurs, son bureau avec le bois d'un porte-plume et, de temps à autre, il observait la pendule ou bien épiait le sieur Petitgris.

Une seule fois celui-ci remua. Ce fut pour arracher d'un bloc-notes une feuille de papier, où il écrivit rapidement quelques lignes à l'aide du porte-plume même que tenait Rouxval et qu'il lui emprunta d'autorité. Cette feuille, il la plia en quatre, l'introduisit dans une enveloppe et la déposa sous un annuaire mondain qui traînait à l'extrémité du bureau. À la suite de quoi, il se rassit. Qu'est-ce que tout cela voulait dire ? Et pour quelle raison mystérieuse l'abominable canine s'obstinait-elle à ricaner ?

Trois minutes. Deux minutes. Une colère subite chassa Rouxval de son fauteuil, et le déchaîna dans son cabinet, qu'il se mit à parcourir de nouveau en bousculant des chaises et en faisant sauter les bibelots sur les meubles. Toute cette histoire était vraiment insipide. Le sieur Petitgris et sa dent diabolique le mettaient hors de lui.

— Chut, mossieu le Ministre... marmotta le policier en agitant la main. Écoutez...

— Écoutez quoi ?

— Un bruit de pas. Tenez, on frappe...

On frappait, en effet. Rouxval reconnut la manière discrète de l'huissier.

— Il n'est pas seul, affirma Petitgris.

— Qu'en savez-vous ?

— Il ne peut pas être seul, puisque la chose dont j'ai parlé va se produire et qu'elle ne peut se produire que par l'intermédiaire de quelqu'un.

— Mais, sapristi, de quelle chose est-il question ?

– De la vérité, mossieur le Ministre. Il y a des instants, quand l'heure est venue, où l'on ne peut pas l'empêcher de sortir de son puits. Elle entre par la fenêtre si la porte est close. Mais la porte est au bout de mon bras, et vous ne m'interdirez pas de l'ouvrir, n'est-ce pas, mossieur le Ministre ?

Rouxval, excédé, ouvrit lui-même. L'huissier passa la tête.

– Monsieur le Ministre, le monsieur qui est sorti tout à l'heure avec la dame réclame son pardessus.

– Son pardessus ?

– Oui, monsieur le Ministre, ce monsieur l'a oublié, ou plutôt il y a eu changement.

Hercule Petitgris expliqua :

– En effet, monsieur le Ministre, je m'aperçois qu'une erreur a été commise. Ce monsieur a emporté mon pardessus et m'a laissé le sien. Peut-être pourrait-on introduire ce monsieur...

Rouxval acquiesça. L'huissier sortit et, presque aussitôt, M. de Bois-Vernay entra.

L'échange des pardessus eut lieu. Le comte, après avoir salué Rouxval, qui affectait de tourner la tête, s'en alla vers la porte et saisit la poignée de la serrure. Mais, sur le seuil, il hésita et murmura quelques mots qu'on ne pouvait entendre. Enfin, il revint au milieu de la pièce.

– Les dix minutes sont écoulées, monsieur le Ministre, murmura Petitgris. Par conséquent la chose va se produire.

Rouxval attendait. Les événements semblaient se soumettre aux prévisions du policier.

— Que désirez-vous, monsieur ?

Après une longue hésitation, M. de Bois-Vernay demanda :

— Monsieur le Ministre, est-ce que vraiment vous avez le projet de nous dénoncer ?... Les conséquences d'un tel acte seraient tellement graves, que je me permets d'appeler votre attention... Pensez donc, le scandale... l'indignation publique...

Rouxval s'emporta :

— Eh ! monsieur, puis-je faire autrement ?

— Oui, vous le pouvez... Vous le devez même... Tout cela doit se terminer entre vous et moi, et d'une façon absolument normale... Il n'y a aucun motif pour que nous n'arrivions pas à un accord...

— L'accord, je vous l'ai proposé, madame de Bois-Vernay n'a pas voulu.

— Elle non, mais moi ?

Rouxval parut surpris, cette distinction entre sa femme et lui, Petitgris l'avait déjà faite, tout à l'heure.

— Expliquez-vous.

Le comte semblait embarrassé. L'attitude indécise, prenant des pauses après chaque phrase, il prononça :

— J'ai pour ma femme, monsieur le Ministre, un attachement qui n'a pas de bornes... et qui m'entraîne à des faiblesses...

dangereuses. C'est ce qui est advenu. La mort de notre pauvre fils l'avait bouleversée au point que deux fois, malgré ses sentiments religieux, elle se livra à des tentatives de suicide. C'était devenu chez elle une obsession. Malgré ma surveillance, il est certain qu'elle serait arrivée à mettre à exécution son affreux projet. C'est alors que j'eus la visite de Maxime Lériot et que, au cours de notre conversation, il me vint l'idée de combiner... cette entreprise...

Il reculait devant les paroles décisives. Rouxval, de plus en plus irrité, objecta :

— Nous perdons notre temps, monsieur, puisque je sais à quoi vos machinations ont abouti. Et cela seul importe.

— C'est précisément parce que cela seul importe, dit M. de Bois-Vernay, que j'insiste. Du fait que vous avez découvert les préparatifs d'un acte, vous avez conclu trop hâtivement, et plutôt par appréhension, à l'accomplissement de cet acte. Or, il n'en fut pas ainsi.

Rouxval ne comprenait pas.

— Il n'en fut pas ainsi ? Cependant vous n'avez pas protesté.

— Je ne le pouvais pas.

— Pourquoi ?

— Ma femme eût entendu.

— Mais puisque Mme de Bois-Vernay elle-même a avoué...

— Oui, mais pas moi. De ma part, ç'eût été un mensonge.

– Un mensonge ! Mais les faits sont là, monsieur. Dois-je vous relire le dossier, les procès-verbaux, les témoignages qui relatent l'enlèvement du corps, vos rendez-vous avec Lériot ?...

– Encore une fois, monsieur le Ministre, ces faits montrent un commencement d'exécution, mais non l'exécution elle-même.

– C'est-à-dire ?

– C'est-à-dire qu'il y a bien eu des rendez-vous entre Maxime et nous, et qu'il y a bien eu enlèvement de corps. Mais jamais mon idée n'a été de commettre un acte que j'aurais considéré, moi aussi, comme un sacrilège inexpiable, et auquel Maxime Lériot n'aurait d'ailleurs jamais consenti...

– Votre idée alors ?

– Ce fut simplement de donner à ma femme...

– De lui donner ?...

– L'illusion, monsieur le Ministre.

– L'illusion, répéta Rouxval en qui la vérité commençait à prendre forme.

– Oui, monsieur le Ministre, une illusion qui pût la soutenir et lui rendre le goût de la vie... et qui, en effet, l'a soutenue jusqu'ici. Elle croit, monsieur le Ministre. Concevez-vous tout ce que cela signifie pour elle ? Elle croit que son fils est dans la tombe sacrée, et cette croyance lui suffit.

Rouxval baissa la tête et se passa la main sur le front. Une joie si brusque l'envahissait qu'il ne voulait pas qu'on en vît sur sa figure l'expression désordonnée.

Affectant l'indifférence, il dit :

— Ah ! voilà donc ce qui a eu lieu ? Il y aurait eu simulation ?... Cependant toutes ces preuves...

— Ce sont précisément celles que j'accumulais afin qu'elle n'eût aucun doute. Elle a donc tout vu, monsieur le Ministre, elle a voulu assister à tout, à l'exhumation du corps et à son transfert dans le fourgon. Comment aurait-elle soupçonné, comment soupçonnerait-elle que ce fourgon n'alla pas jusqu'à la casemate de Verdun, et que notre pauvre fils est enterré à quelque distance, dans un cimetière de campagne où je vais parfois m'agenouiller près de lui... et lui demander pardon, en mon nom et au nom de sa mère absente.

Il disait vrai, Rouxval en fut convaincu. Aucune objection ne pouvait être opposée à des paroles qui étaient l'affirmation même des faits. Rouxval reprit :

— Et le rôle de Maxime Lériot ?

— Maxime Lériot m'obéissait.

— Sa conduite, depuis ?...

— Hélas, l'argent que je lui ai donné fut pour lui une cause de déséquilibre et d'avilissement. C'est mon grand remords. Plus je lui en donnais, plus il voulait en avoir, et c'est pourquoi il menaçait de tout révéler à ma femme. Mais je réponds de sa nature qui est honnête et loyale. Il m'a promis de partir.

— Vous êtes prêt, dit Rouxval, au bout d'une minute, à certifier l'absolue sincérité de votre déclaration ?

– Je suis prêt à tout, pourvu que ma femme ne sache rien et continue à croire.

– Nous sommes d'accord, monsieur. Le secret sera gardé. Je m'y engage.

Il prépara une feuille de papier et pria le comte d'écrire. Mais, à ce moment, Hercule Petitgris désigna du doigt l'annuaire et dit tout bas à Rouxval :

– Là, monsieur le Ministre... sous le livre... Vous n'avez qu'à le pousser... et vous trouverez...

– Je trouverai quoi ?

– La déclaration... je l'ai rédigée tout à l'heure...

– Vous saviez donc ?...

– Parbleu, si je savais ! Monsieur le comte n'a plus qu'à mettre sa signature.

Rouxval interloqué déplaça l'annuaire, saisit la feuille, et lut :

Je soussigné, comte de Bois-Vernay, reconnais qu'avec la connivence du sieur Lériot, j'ai procédé à un certain nombre de manœuvres susceptibles d'imposer à ma femme la conviction que notre fils était enterré sous l'Arc de triomphe. Mais j'affirme sur l'honneur qu'aucune tentative ne fut faite par moi, ni par le sieur Lériot, pour donner à mon malheureux enfant la place du Soldat Inconnu.

Posément, tandis que Rouxval se taisait, le comte, qui semblait aussi étonné que lui, relut la lettre à haute voix, comme s'il en pesait chaque terme.

– C'est bien. Je n'ai rien à ajouter ni à retrancher. Je n'aurais pas écrit autre chose si j'avais rédigé moi-même cette déclaration.

D'un geste résolu il signa.

– J'ai foi en vous, monsieur le Ministre. Le moindre doute causerait la mort d'une mère qui n'est, elle, coupable que de trop aimer. Vous me promettez donc ?...

– Je n'ai qu'une parole, monsieur. J'ai promis, je tiendrai.

Il serra distraitement la main de M. de Bois-Vernay, l'accompagna jusqu'à la porte sans dire un mot, ferma et revint vers la fenêtre où il se colla de nouveau le front contre la vitre.

Ainsi donc Petitgris avait deviné la vérité ! Dans le chaos ténébreux, plein d'obstacles et d'embûches, Petitgris avait discerné l'invisible sentier qui menait au but ! Rouxval en était à la fois confondu et furieux, et le plaisir qu'il éprouvait à voir cette affaire sous un autre jour s'en trouvait singulièrement amoindri. Il entendait derrière lui un menu gloussement qui devait être chez le policier la manifestation du triomphe, et il évoqua la dent pointue, l'effroyable dent.

« Il se paie ma tête, pensa Rouxval, et cela depuis le début. Par rosserie, il m'a laissé patauger. Car enfin il aurait pu m'avertir, et il ne l'a pas fait. Quelle brute ! »

Mais son prestige de ministre ne lui permettait pas de rester dans cette position humiliante. D'un coup, il se retourna, et, prenant l'offensive :

– Et après ? Le hasard vous a servi, voilà tout ! Vous avez probablement découvert quelque indice...

– Aucun indice, ricana Petitgris, qui ne voulait pas faire grâce à son adversaire. À quoi bon d'ailleurs ? Il suffisait d'un peu de jugeotte et d'une miette de bon sens.

Et, avec une bonhomie horripilante, il débita :

– Voyons, quoi, mossieu le Minisse, ça ne tenait pas debout, votre histoire ! Ça suait l'invraisemblance et la loufoquerie. Contradictions, lacunes, impossibilités, je vous en montrerais de toutes les couleurs ! Un scénario, déplorable ! Que la comtesse y ait mordu, soit. Mais vous, un minisse de première classe ! Voyons, est-ce qu'on jongle comme ça avec les cadavres dans la vie ! Comment ! tout est combiné pour que le Soldat Inconnu soit bien un soldat inconnu, on mobilise des gens, des fourgons, des fonctionnaires, des généraux, des maréchaux, des ministres, tout le diable et son train, et vous avez la naïveté de croire qu'un mossieu qu'a des billets de banque en poche peut s'offrir le luxe de rouler tout le monde et d'acheter une concession à perpet' sous l'Arc de triomphe ! Vrai, j'en ai vu de raides, mais pas de ce calibre !

Rouxval se contint :

– Les preuves abondaient...

– Les preuves, c'est du chichi pour enfant. Tout de suite, moi, Petitgris, je m'suis demandé : « Du moment que le comte ne pouvait pas se payer l'Arc de triomphe, qu'est-ce qu'il a manigancé avec le sieur Lériot ? » Et tout de suite, en voyant la façon dont il regardait sa femme, j'ai compris la chose « Toi, mon garçon, t'es un roublard. Pour sauver ta dame, tu as joué la farce de lui faire croire que ça y était. Seulement t'es aussi un froussard, et, si mon supérieur se fâche et qu'il menace, tu flancheras. » Voilà tout le truc, mossieu le Minisse. Colère de votre part. Menaces. Le mossieu Bois-Vernay a flanché.

– D'accord, dit Rouxval, mais vous ne pouviez pas savoir qu'il reviendrait ? et qu'une chose, comme vous disiez, allait se produire ?

– Comment ! eh bien, et le pardessus ?

– Le pardessus ?

– Dame, le client ne serait pas revenu sans ça ! Il fallait lui donner un prétexte pour quitter sa dame, et pour se confesser avant que la justice ait mis son nez dans l'affaire.

– Alors ?

– Alors, quand il est parti, je lui ai enfilé mon pardessus à la place du sien. Il était comme fou, et il n'y a vu que du feu. Seulement, dehors, dans son auto, en avisant ma défroque, vous comprenez s'il s'est jeté sur l'occasion pour rappliquer ici ! Hein ! c'est-i manigancé, c't'histoire-là ? Certes j'ai fait mieux dans ma vie, j'ai été quelquefois plus fort... Mais jamais plus malin peut-être. Gagner la victoire sans agir... Pas sortir la main de sa poche et flanquer un swing qui vous abat l'adversaire ! C'est-i de l'ouvrage bien faite ?

Rouxval gardait le silence. L'adresse et l'aisance avec lesquelles Hercule Petitgris avait manœuvré le déconcertaient. Tout seul dans un coin, n'intervenant pas une seule fois dans les débats, ne posant aucune question, et ne connaissant de l'aventure que ce que lui-même, Rouxval, en racontait, Petitgris avait, en fait, conduit les débats, dirigé les questions, jeté l'aventure en pleine lumière, et imposé par un geste tout petit, mais d'une habileté formidable, la solution qui convenait. Décidément, c'était un maître. Il n'y avait qu'à s'incliner.

Rouxval saisit son portefeuille et en tira un billet de banque. Mais son bras demeura en suspens, arrêté net par une phrase incisive :

– Rentrez ça ! mossieu le Minisse, j'suis payé.

La dent luisait. Le gloussement reprit au fond de la gorge. La physionomie redevint féroce. Comment ne pas se rappeler les paroles goguenardes : « Quand un des mes supérieurs bafouille, j'ai-t'i pas le droit de rigoler un brin ? Ça me paye de mon travail. I'font un tel nez ! »

Le hasard voulut que Rouxval se vît dans une glace. Il dut avouer que l'expression de Petitgris n'avait rien d'excessif. Il enrageait.

– Vous frappez pas, monsieur le Ministre, dit le policier, plein de condescendance. J'ai rencontré des cas plus pendables. Votre grand tort, ç'a été de vous gouverner d'après la logique, et la logique de ce qu'on voit et de ce qu'on entend, faut s'en méfier comme de la peste. La vraie, c'est elle qui coule en dessous, comme certaines sources, et c'est justement quand elle est sous terre, et qu'on ne la voit pas, qu'il ne faut plus la lâcher de l'œil ! Or vous, à ce moment-là, vous avez perdu la boule. Au lieu d'examiner à fond la chose de la cérémonie et des huit poilus alignés dans la casemate de Verdun, vous vous êtes voilé la face ! « On n'évoque pas de pareilles scènes ! Toute parole est un blasphème !... » Mais, sacré nom, monsieur le Ministre, il fallait regarder au contraire, et réfléchir ! Vous auriez compris qu'il n'y avait pas mèche de frauder. Et Hercule Petitgris ne vous ferait pas la leçon aujourd'hui, dans votre cabinet de ministre de première classe !

Il s'était levé, et mettait sur son bras le pardessus verdâtre. La dent pointait de plus en plus. Rouxval en sentait la morsure, et il avait une forte envie de saisir le personnage au collet et de l'étrangler.

Il ouvrit la porte :

– Restons-en là, dit-il. Je vais mettre le président au courant du service que vous avez rendu.

– Pas la peine, interrompit le policier. Je ferai la commission moi-même. Ça vaut mieux.

– Monsieur ! s'écria Rouxval exaspéré.[1]

– Eh bien, quoi, mossieur le Minisse, le président a bafouillé également dans c't'affaire. Croyez-vous que je vais rater l'occasion de me payer aussi sa tête ? Vrai, la vie n'est pas si drôle !

Il jubilait, la dent énorme et implacable.

Rouxval lui montra l'antichambre. Hercule Petitgris passa devant lui en s'effaçant, comme un homme qui n'est pas sûr de ne pas recevoir un coup de pied dans le bas du dos :

– Au revoir, monsieur le Ministre... Et puis, un bon conseil : ne vous risquez pas hors de votre compartiment. Chacun son métier. Faites les lois. Faites tout votre gribouillis de gouvernement. Mais, pour ce qui est de la police, laissez ça aux bougres de mon espèce.

Il s'éloigna de trois pas. Était-ce fini ? Non. Il eut l'audace de revenir, de se planter devant Rouxval, et de lui dire le plus gravement du monde :

____

[1] C'est à partir de là que le texte du *Pardessus d'Arsène Lupin* diverge de celui de la *Dent d'Hercule Petitgris. (Note ELG.)*

– Après tout, vous avez peut-être raison... et c'est peut-être moi qu'ai bafouillé. Car enfin, si on raisonne froidement, qu'est-ce qui nous prouve que le comte s'est arrêté en route et qu'il n'a pas fait l'escamotage ? Tout est possible, et son truc était rudement bien monté ! Pour moi, j'y perds mon latin. Au revoir, monsieur le Ministre.

Cette fois, il semblait qu'il n'eût plus rien à dire. Il ajusta son chapeau sur sa tête, remercia l'huissier qui l'escortait et sortit de l'antichambre en ricanant.

Rouxval rentra dans son bureau, l'allure lourde et pensive. Les dernières paroles de Petitgris le troublaient singulièrement. C'était comme une nouvelle morsure où la dent satanique de l'individu avait distillé une goutte de venin. Confusément, il se rendait compte que cette affaire demeurerait à jamais ténébreuse dans son esprit, et qu'il garderait toujours au fond de lui le poison du doute. C'était absurde, il ne l'ignorait point. Mais tout de même... tout de même... il y avait tant de preuves !... Ce cadavre exhumé... ce fourgon...

– Crebleu de crebleu ! s'écria-t-il en un accès de révolte furieuse, quel bonhomme infernal ! Si jamais je le repince, celui-là !

Mais Rouxval savait fort bien que Petitgris n'était pas de ceux qu'on repince...

Le Pardessus d'Arsène Lupin

.../...**2**

– Eh bien, quoi, M. le Ministre.

L'individu s'était redressé et semblait prendre une apparence nouvelle. Ce n'était plus le pauvre diable à l'humble attitude, mais un gaillard bien d'aplomb et tout à fait à son aise.

Il saisit délicatement entre le pouce et l'index son énorme canine et l'ôta, comme on se débarrasse d'un accessoire. Les traits se relevèrent. Plus de rictus. Le visage devint normal, l'expression aimable, un peu arrogante.

Rouxval prononça :

– Que signifie ? Qui êtes-vous ?

– Ce que je suis, n'a aucune importance, répondit-il. Mettons que je sois Arsène Lupin. Le souvenir que vous laissera votre petite mésaventure sera peut-être moins désagréable, si le nom d'Arsène Lupin, plutôt que celui de Petitgris, s'y trouve mêlé.

Rouxval lui montra l'antichambre. L'autre passa devant lui avec désinvolture.

─────────────

2 Comme expliqué dans la préface, le texte des deux nouvelles est le même jusqu'à la phrase :
– *Monsieur ! s'écria Rouxval exaspéré.* (page 40)

– Au revoir, monsieur le Ministre... Et puis, un bon conseil : ne vous risquez pas hors de votre compartiment. Chacun son métier. Faites des lois. Faites tout votre gribouillis de gouvernement. Mais, pour ce qui est de la police, laissez ça aux spécialistes.

Il s'éloigna de trois pas. Était-ce fini ? Non. Il eut l'audace de revenir, de se planter devant Rouxval, et de lui dire le plus gravement du monde :

– Après tout, vous avez peut-être raison... et c'est peut-être moi qu'ai bafouillé. Car enfin, si on raisonne froidement, qu'est-ce qui nous prouve que le comte s'est arrêté en route et qu'il n'a pas fait l'escamotage ? Tout est possible, et son truc était rudement bien monté ! Pour moi, j'y perds mon latin. Au revoir, monsieur le Ministre.

Cette fois, il semblait qu'il n'eût plus rien à dire. Il ajusta son chapeau sur sa tête, remercia l'huissier qui l'escortait et sortit de l'antichambre en ricanant.

Rouxval rentra dans son bureau, l'allure lourde et pensive. Les dernières paroles de Petitgris le troublaient singulièrement. C'était comme une nouvelle morsure où la dent satanique de l'individu avait distillé une goutte de venin. Confusément, il se rendait compte que cette affaire demeurerait à jamais ténébreuse dans son esprit, et qu'il garderait toujours au fond de lui le poison du doute. C'était absurde, il ne l'ignorait point. Mais tout de même... tout de même... il y avait tant de preuves !... Ce cadavre exhumé... ce fourgon...

– Crebleu de crebleu ! s'écria-t-il en un accès de révolte furieuse, quel bonhomme infernal ! Si jamais je le repince, celui-là !

Mais Rouxval se disait que Petitgris n'était autre qu'Arsène Lupin, et qu'Arsène Lupin n'était pas de ceux qu'on repince…